Max es

*L'auteur remercie Marie-Martine Bernard,
juriste chargée d'enseignement
et Alain Bruel, président du tribunal
pour enfants de Paris, juge des enfants,
pour leur collaboration.*

Ainsi va la vie

Max est racketté

Dominique de Saint Mars

Serge Bloch

CALLIGRAM

CHRISTIAN GALLIMARD

7

8

Jérôme ! Jérôme !
Mon vélo... ils m'ont
pris mon vélo,
de force !!!

Mais qui ?

Ceux qui t'ont dépouillé
ton blouson, tu sais !
Cette crapule de Nicolas
est avec eux, les deux
grands du collège...

10

11

Max,
qu'est-ce que tu as ?
Ça ne va pas ?

Si si...euh...
je n'ai pas très
faim.

Enfin te voilà, Lili !
On t'a appelée
plusieurs fois...

Je cherchais mon vélo !
Max, tu dois savoir où
il est, non ?

Euh...non.

Je suis sûre que c'est toi qui l'as pris !

Euh... oui, parce qu'il va plus vite que le mien... et je l'ai oublié chez Jérôme...

Je ne veux pas que Max me prenne mon vélo ! Il le sait très bien !

Tu as raison mais il va te le ramener, n'est-ce pas, Max ? Allez, viens à table !

Oui, oui, demain je le rapporte !

Hou, Hou Max !
Tu reviens avec nous ?

Qu'est-ce qui se passe, Max,
tu ne te sens pas bien ?

Euh... si...
je...

16

Alors, Max, il y a du nouveau ?

Du nouveau ? ... oui...

Eh ben, on dirait vraiment que tu as peur !

Je ne peux pas te parler maintenant. Attends-moi à la sortie, au coin.

17

18

19

HUMMM !

Panel 1:

Et maintenant, tu piques dans le sac de maman !

Qui ? Moi ?... euh... mais t'es folle !

Panel 2:

Et ce n'est pas la première fois ! Maman a déjà vu qu'il lui manquait de l'argent !

Ah ?...

23

Bouh... et je dois leur donner l'argent demain, dernier délai, à la sortie de l'école, derrière la station service...

Mais ils ne peuvent quand même pas te tuer, si tu les dénonces !

Qu'est-ce que tu en sais ?

Moi, je suis sûre que les parents sauraient te protéger...

Après que je leur ai volé de l'argent ? Tu parles !

LE LENDEMAIN MATIN...

Tu me jures de ne rien dire, hein ?

Je ne jure pas n'importe quoi.

Donne toujours ça !
Mais pour le vélo,
il faudra le double !

QUOI !!!

Un vélo, ça vaut pas 45 euros !
Ça vaut deux fois plus...

Allez, allonge le fric !

Lâchez-le !!!

PIN-PON... PIN-PON... PIN !

Sauve qui peut !

Tout le monde reste là !
On ne bouge plus !

?! ?!

Max !

Maman !

... Mes enfants !!!

Ah c'est bon !
C'est toi ?

Pardonne-moi !
Il le fallait !

C'est vrai,
sans Lili, on
était mal !

Tiens voilà,
le vélo !

Maintenant on va tous au
commissariat, pour la
plainte et la déposition.

POLICE

31

32

33

34

Deux jours plus tard...

PALAIS DE JUSTICE

25ᵉ Chambre

Tribunal
pour
enfants

Cabinet
du juge
des
enfants

Maintenant que vous avez pris connaissance des faits, je prononce une admonestation* et une mesure de réparation : vous m'écrirez une lettre sur cette question, « Pourquoi le respect est plus fort que la violence, à la maison comme dans la rue ? »

* Décision de justice donnant un avertissement et une réprimande.

Je vous rends l'argent !

Si, par malheur, vous récidivez, la décision de justice sera plus sévère.

LE LENDEMAIN...

38

40

Et toi...

Est-ce qu'il t'est arrivé la même histoire qu'à Max ?

As-tu été menacé par des mots ? des coups ? une arme ?
T'es-tu défendu ? Ou ne l'as-tu pas fait, par prudence ?

As-tu été choqué par cette loi du plus fort, si éloignée du
respect des autres ? Ça t'a rendu violent ?

As-tu été obligé au silence ? As-tu réussi à en parler à
tes parents, à d'autres ? On t'a cru ? Ça t'a fait du bien ?

Sɪ ᴛᴜ ᴀs ᴇ́ᴛᴇ́ ʀᴀᴄᴋᴇᴛᴛᴇ́...

Es-tu allé voir la police, chargée de faire respecter la loi ?
Sais-tu qu'il existe des lois pour protéger du racket ?

As-tu changé ton comportement ? Évites-tu de faire trop
envie (argent de poche, vêtements), de rentrer seul ?

Si tu n'as pas été racketté ? En as-tu peur ? Oserais-tu en
parler ? Connais-tu des grands qui te protégeraient ?

Pourquoi l'as-tu fait ? Parce que tu avais été racketté ?
ou tu voulais te venger ? ou rentrer dans une bande ?

Parce que tu avais envie de ce que l'autre avait ?
Pour te sentir plus fort en faisant obéir un plus faible ?

Ou pour te faire admirer ? N'as-tu pas d'autres talents...
en sport, en maths, en histoires drôles, en amitié...?

Si tu as racketté...

Sais-tu ce qui est « bien » et « mal » pour la vie en société ? Tes parents te laissent-ils tout faire ?

Sais-tu que tu risques d'être puni, d'être déjà connu de la Justice ? Aimerais-tu apprendre la loi à l'école ?

Aimes-tu qu'on te respecte ? T'es-tu rendu compte de la peur et de la souffrance que ta violence inflige aux autres ?

**Après avoir réfléchi
à ces questions
sur le racket,
tu peux en parler
avec tes parents ou tes amis.**